KB094421

ⓒ

2023. 겨울.
흔이

새로고침

새로고침

김효인

위즈덤하우스

이태이

　이태이는 세상에 없는 사람이다. 즉,
신분이 없는 무적자라는 뜻이다.

　이름과 나이를 겨우 말할 수 있을 정도인
네 살 무렵, 그녀의 어머니는 집을 나갔다.
무언가로부터 도망쳐 숨는 사람들이 많은
항구도시에서 아이를 낳고, 출생신고도 하지
않은 것으로 보아 아마 쫓기는 신세였을
것이다. 이태이가 열두 살이 되던 해, 뱃일을

하러 갔다가 바다에 빠져 죽은 아버지 역시
출생신고를 할 만큼의 애정도 가지고 있지
않았다.

그럼에도 스무 살이 된 지금까지
이태이는 죽은 아버지가 부두에 남긴
대출금을 갚고 있었다. 부두 인력 사무소에서
일을 배정받으면 하루 임금에서 아버지의
몫을 어느 정도 떼고 주는 방식이었다. 말도
안 되는 행태였지만 일을 주는 부두의 규칙이
곧 이 도시의 규칙이니 어쩔 수 없었다.
이태이는 성실하게 빚을 갚았다. 어차피 이
좁은 항구에서 부두 사람들 몰래 도망치는
것은 쉽지 않은 일이었다. 부두에서 나고
자란 이태이에게 이곳을 뜨는 건 애당초
선택지에도 없어 보였다. 오히려 아버지가
남긴 부채가 이태이에게는 이 세상과 연결된
유일한 뿌리처럼 느껴졌다.

학교를 다니지 않은 이태이는 전단지로
처음 글을 배웠다. 전단지 속에는 배울 것이
많았다. 강조하고 싶은 것 앞에는 '대'나
'빅'을 사용하고('빅 세일' '대축제'같이) 잘하는
일 뒤에는 '전문'을 붙인다('도배 전문'처럼).
전단지에서는 종종 한 글자에 하나씩
느낌표를 붙인다. '특! 급! 할! 인!' '오! 늘! 만!'
이렇게. 이태이가 가장 좋아하는 건 별이었다.
별표는 중요한 내용 위에 붙이는 것이다.
별을 잘 그리지 못했던 어린 이태이는 작은
손바닥 위에 손가락을 올려 별 그리는 방법을
연습했는데, 그럴 때마다 자신에게 별이 붙는
것 같아 기분이 좋았다.
　　누구 하나 관심 가져주지 않는 삶이었다.
스스로가 누군가의 눈에 보이기는 하는지
의심했던 적도 있었다. 그렇게 이태이는 TV에
나오는 말들을 따라 하고 전단지에 적힌 글을

읽으며 자랐다. 언제부턴가 알게 된 것이
있다면 신이 종종 그런 것들로 말을 건다는
사실이었다. 어느 날엔 전단지에 적힌 글자가
어느 날엔 방송에서 흘러나오는 대사가,
어떤 때는 도로 표지판에 적힌 경고 문구가
그랬다. 이태이는 습관처럼 주변을 둘러보며
다녔다. 마치 오늘의 운세를 확인하듯 말이다.
선택의 순간이나 대화가 필요할 때, 혹은
무슨 일이 다가오고 있을 때 신은 어김없이
말을 걸어왔고 이태이는 그것을 절대적으로
따랐다. 신의 의견은 이태이가 세상에 구할 수
있는 유일한 조언이었다.

　　문제의 날, 이태이의 눈에 띄었던
전단지는 막 오픈한 미용실의 것이었다.
치킨집, 은행 대출, 새로 지은 아파트……
'일생일대의 특! 급! 이벤트'와 '빅 찬스' 등의
화려한 글씨들 사이로 미용실 전단지는

유난히 반짝였다. 무엇보다 문구가 마음에 들었다. '새! 로! 운! 인생의 시작!'

며칠 전부터 부두는 시끄러웠다. 부두 사람들 대부분의 채권이 한곳으로 넘겨졌다는 소문과 함께 이태이 아버지의 빚 역시 넘어갔다는 소식을 들었다. 곧이어 빚을 진 사람들 중 불법체류자이거나 은신하는 사람들을 위주로 하나둘 쥐도 새도 모르게 사라지고 있다는 흉흉한 소문이, 더 나아가 빚은 핑계일 뿐 항구를 통해 인신매매가 이루어지고 있다는 소문까지 돌았다. 소문이 확실하지 않은 것은 아마도 그걸 증명해줄 수 있는 사람들은 돌아오지 못했기 때문일 것이다.

그날 밤, 일을 마치고 돌아오던 이태이는 골목에서 커다란 덩치의 남자를 마주했다.

어쩐지 불길한 예감이 들었다. 대놓고
험상궂게 생긴 빡빡머리의 남자가 가까워지자
이마에서 두피로 이어지는 커다란 상처가
보였다. 남자는 물고 있던 담배를 손가락
사이에 넣으며 이태이를 바라보았다.

"스무 살, 여자. 이태이."

순식간이었다. 도망쳐야 한다고 생각했을
때는 이미 남자의 한 손으로 입이 막힌 동시에
다른 한 팔로는 목을 휘감긴 채였다. 놀란
이태이는 온 힘을 다해 버둥거렸지만, 그는
마치 주문서를 읽듯 오늘의 타깃에 대한
최소한의 정보를 되뇔 뿐이었다.

"스무 살, 여자, 이태이 맞지?"

남자는 한 번 더 확인하고는 목을 감은
굵은 팔에 힘을 더했다. 이태이가 남자의
팔을 떼어내려 양팔에 잔뜩 힘을 주었지만
소용없었다. 이 항구에서 홀로 자라면서

별의별 일을 다 겪어봤다 생각했는데, 이건 태어나 처음으로 느끼는 공포감이었다.

"다치게 안 해. 몸은 상하면 안 되니까."

남자는 아무 감정이 없는 사람 같았다. 그저 오늘 치 사냥을 하는 짐승처럼 빨리 이태이가 기절하기만을 기다리고 있었다.

"도망가도 잡아. 이 동네에서 나 모르게 나갈 수 있는 길도 없어. 그냥 받아들여. 그럼 쉽다."

남자가 말했다. 점점 정신이 아득해지고 눈이 감겨왔다.

그때 사이렌 소리가 들려왔다. 자정이 되기 전 부두에서 울리는 소리였다. 마치 정신 차리라며 이태이를 깨우려는 듯했다. 그 소리에 눈을 떴을 때 이태이의 눈앞에 남자의 손을 따라 왔다 갔다 하는 담뱃불이 들어왔다.

손가락에 들린 담배를 빼앗아 그의

목을 지졌을 때 방심하고 있던 팔이 풀렸고,
이태이는 남자의 손을 벗어나 달리기
시작했다.

　발이 바닥으로 탁탁 떨어질 때마다 쿵쿵
심장 뛰는 소리가 몸을 울렸다. 해안을 타고
기다랗게 뻗은 도로에는 아무도 없었다. 뻥
뚫린 길에 섰는데도 막다른 곳에 다다른
느낌이었다. 이태이는 잠시 횡단보도 앞에
서서 불규칙적인 숨을 골랐다. 팔다리가
의지와는 상관없이 바들바들 떨려왔다.
멀리서 발소리가 들려오는 것만 같았다.
　도망가도 잡는다고, 이 동네에서 나
모르게 나갈 수 있는 길도 없을 것이라던
남자의 말이 자꾸 귀에 맴돌았다.
　이태이는 이제 막 스무 살이 되었다. 몇
년만 지나면 아버지의 빚도 모두 갚을 수 있을

것이고 그때는 이 도시를 나가 신분도 만들고 TV에 나오는 사람들처럼 웃으면서 함께, 행복이라는 단어도 꺼내보며 살아갈 수 있지 않을까 하는 생각도 했었다.

하지만 애초에 오답처럼 태어난 인간에겐 어쩌면 끝도 처음부터 정해진 건지 모른다. 이게 이 인생의 마지막 순간일까, 생각하던 찰나였다. 신호등 기둥에 붙은 전단지가 눈에 들어왔다. 단숨에 읽어서는 도무지 무슨 소린지 이해하기 어려운 내용이었다.

감사

대! 축! 제!

인생을 새로고침하고 싶나요?

지금 바로! 이 세상 아! 무! 나! 의 삶과

자신의 삶을 바꿀 의향이 있다면

이 버튼을 누르세요!

버튼? 이태이는 전단지 아래 버튼을 바라봤다. 보행 신호로 바꾸는 버튼에 불빛이 깜박이고 있었다. 지금 이 버튼을 누르면 인생이 바뀐다는 거야? 말도 안 되는 이야기였다.

대부분의 사람들은 이런 장난을 보면 그냥 지나치겠지만, 이태이는 아니었다. 오늘 낮에 봤던 전단지가 떠올랐다. '새! 로! 운! 인생의 시작!' 어쩌면, 어쩌면 이게 '일생일대의 특! 급! 이벤트'가 아닐까? 이런 걸 두고 '빅 찬스'라고 말하는 게 아닐까.

지푸라기라도 잡는 심정으로 손을 들어 올렸다. 멀리서 남자의 발자국 소리가 들려왔다.

지금 이 순간, 이 인생보다 더 나쁠 것도 없었다. 이태이는 잠시 망설이다 버튼을 눌렀고 신호등엔 초록 불이 켜졌다.

❖

낯선 집에서 눈을 떴다. 주변을
둘러보았지만 아무도 없었다. 부두에서
버튼을 누르자마자 눈앞이 좁아지면서 잠이
쏟아졌고, 정신을 차려보니 이곳이었다.

어두컴컴하고 커다란 집은 이태이가
사는 여관의 모든 방을 더한 것보다 넓은 것
같았다. 낯선 것은 이 집만이 아니었다.

이태이는 거울 앞에 놀란 표정으로 멈춰
섰다. 온몸이 드러나는 커다란 거울 속에
비친 사람의 모습은 머리끝부터 발끝까지
낯설었다. 처음 보는 남자였다.

놀란 마음에 이리저리 몸과 얼굴을
더듬었다. 분명 자신이 이 몸 안에 있는데,
손바닥에 닿는 느낌은 어디 하나 익숙한
것이 없는 이상한 경험이었다. 손이 길고

곱슬한 머리카락에 닿자 그 끝이 바스러졌다. 이태이는 그제야 이 남자의 몸 곳곳에서 탄내가 난다는 걸 알았다.

이태이는 황당한 표정으로 잠시 서 있었다. 알 수 없는 긴장감과 함께 정적이 흘렀다.

"아침이에요!"

깜짝이야. 큰 소리에 놀라 몸을 움츠렸다. 바닥에 떨어져 있던 리모컨을 밟아 켜진 TV에서 시리얼 광고가 활기차게 흘러나왔다.

"정신 차리고 창문을 열어봐요! 놀라운 하루가 기다리고 있어요!"

창을 덮고 있던 두꺼운 커튼을 거두자 바깥의 강한 빛이 껌껌한 방 안으로 쏟아져 들어왔다. 눈이 부셔 제대로 뜰 수가 없어 한동안 빛에 적응하려 노력하고 나서야 밖의 풍경이 보였다. 부두였다. 태어나 줄곧 살아온

바로 그 도시. 창밖에선 경찰차가 경고음을
내며 들어왔다. 무슨 사고라도 났나. 이태이가
주변을 살필 때였다.

딩동! 이번엔 초인종이 울렸다. 이태이는
조심스레 문 쪽으로 다가갔다. 밖에는 웬
남자가 서 있었다. 문을 열자 그 앞을 지키고
있던 남자와 눈이 마주쳤다. 남자는 순순히
문이 열린 것에 잠시 놀란 듯했다가, 이내
다시 미간에 힘을 주었다. 남자는 자신이
경찰서에서 나온 형사라며 신분증을
내밀었다.

"지난밤에 김민수 씨랑 같이 계셨죠?"

이어지는 형사의 말에 너무 당황한
나머지 이태이는 사고가 멈춰버렸다. 저
멀리 밖에서 사이렌 소리가 울려 현기증이
몰려왔다. 어지러워 고개를 젓는 이태이의
시야로 맞은편 집 현관문에 붙은 헬스장

전단지가 들어왔다. 광고 문구치곤 다소
과격한 멘트였다.

'그렇게 서 있다간 망합니다. 지금 당장
달리세요!'

뒤쫓아오는 형사를 겨우 따돌리고
수산시장 뒤편 실외기 구석에 몸을 숨겼다.
원래 몸이라면 가뿐한 공간이겠지만 지금의
몸으로는 버티기 쉽지 않았다. 이태이는
실외기 사이에 구겨져 가쁜 숨을 몰아쉬었다.

한참을 숨죽여 있다 골목으로 들어가자
작은 시장에서 장사하는 사람들이 보는 TV에
지난밤의 사건이 보도되고 있었다.

부두 근처에 2층으로 쌓아 올린 불법
컨테이너에서 화재가 있었다. 그 현장 안에서
사람이 죽어 나왔다. 타살로 추정할 수 있는
라이터와 기름 자국들이 장면 장면 나왔다.

"도주를 시도한 만큼 유력한 용의자로 특정하여 경찰은 총력을 다해 쫓고 있습니다. 경찰은 특별히 선박에 대한 검문에 나섰습니다."

피해자는 이태이도 아는 사람이었다. 부두에서 불법체류자들의 돈을 관리해주던 남자. 이태이에게도 임금을 맡기라며 다가온 적이 있었다. 아마도 이태이의 상황이 불법체류자들과 다르지 않다는 걸 어디선가 들은 것 같았다. 욕심은 많아 보였어도 나쁜 사람 같지는 않았는데, 그 남자가 죽었다. 그리고 용의자는 아마도 이 사람. 이태이는 하루아침에 살인자가 되었다.

이태이는 고개를 돌려 유리창에 비친 자신의 얼굴을 봤다. 머릿속이 혼란스러웠다. 살인자라니.

"축하합니다!"

뒤에선 새로 오픈한 가게에 사람들이
모이고 있었다. 순간, 주변에 지나가는
사람들의 시선이 느껴졌다. 이태이는
서둘러 인적이 드문 시장 구석으로 향했다.
골목 사이에서 누군가 이태이의 손을 확
잡아당겼다. 그리고 그 누군가의 정체를
확인하는 순간 비명을 지르고 말았다.

　　"으...... 으아악!"

　　턱! 이태이를 잡은 손의 다른 한쪽이
소리가 튀어나오려는 입을 막았다.

　　"미쳤어! 조용히 안 해?"

　　크게 뜬 눈으로 눈앞의 남자를 바라봤다.
빡빡머리에 커다란 상처. 지난밤, 이태이를
찾아왔던 바로 그 남자다. 이태이는 지난밤이
떠올라 몸을 움찔거렸다. 도대체 어떻게 알고
온 거지. 도망가도 어떻게든 잡는다더니 정말
잡으러 온 건가.

이태이는 순간 자신의 몸이 돌아왔는지 황급히 내려다봤지만 그대로였다.

"야, 이 미친놈아. 겁만 주고 만다더니 죽이면 어떡해. 죽일 거면 그냥 팔든지! 왜 그랬어?"

남자는 도무지 이해가 되지 않는다는 듯 한숨을 크게 쉬었다.

"벌써 뉴스까지 다 나와서 상황이 뭣같이 됐다. 아니, 이런 촌구석에서 사람 죽는 게 뭐 큰일이라고 이렇게 난리를 쳐, 씨발. 어쨌든 너 지금 여기 있으면 안 돼. 밖에 짭새들 너 찾는다고 눈에 불을 켜고 있다고."

남자는 욕설이 섞인 말을 계속해서 중얼거렸다. 어제와는 다르게 감정적인 태도였다.

"표진노 그 새끼, 돈 받아 처먹을 땐 언제고 연락도 안 돼. 네가 비위 맞춰가며

사 준 술값만 얼마냐?"

　　표진노, 표진노라면 부두에서 일을 하다
보면 모를 수가 없는 사람이었다. 표진노는
부두 사람들에게 돈을 받고 이 부두에서
일어나는 불법적인 일들을 눈감아주는
형사였다.

　　"듣고 있어? 야!!"

　　"네?"

　　이태이는 자신도 모르게 존댓말이
튀어나왔다.

　　"뭐?"

　　남자의 인상은 순식간에 날카로워졌다.
뭔가 이상한 낌새라도 챈 듯이. 이태이는
마치 어제의 공포를 다시 느끼는 기분이
들어 등골이 서늘해졌다. 만일 지금 마주하는
사람이 어젯밤까지만 해도 자신이 쫓던 그
여자라는 것을 알게 되면 어떻게 할까. 어쨌든

지금 상황에서는 우선 이 사람인 척하는 게 맞다고 이태이는 생각했다.

"아…… 아니."

반말을 해야 할지 존대를 해야 할지 몰라 이태이는 말끝을 흐렸다. 다행히도 남자는 쉽게 표정을 풀었다. 그 역시 예상치 못한 상황에 정신이 없어 보였다.

"오늘 밤 9시에 배가 한 대 들어와. 지금 배가 못 들어와서 그 한 대 찾는 것도 겁나 빡셌다니까."

남자가 담배를 한 대 꺼내 불을 붙여 깊게 한 모금 빨아들이고는 한숨과 함께 뱉었다. 그리고 이내 조금은 누그러진 목소리로 말했다.

"데리고 있는 것들 싹 넘기고 올 테니까, 일단 빨리 뜨자. 오늘 밤에 나가야 돼. 넌 멀리 가지 말고 시장 어디에 짱박혀 있어."

'데리고 있는 것'은 역시나 사람을 말하는 것일까. 지난밤, 또 누군가는 이들에게 잡혀왔을까.

"네 말대로 그 여자애는 누구 하나 찾아줄 사람도 없는 것 같더라."

"그 여자애?"

"어젯밤에 내가 잡아왔지. 열심히 도망치더니 신호등 앞에 쓰러져 있던데?"

이태이는 마음이 철렁였다. 신호등 앞이라면 남자가 잡아온 것은 다름 아닌 자신이었을 테니까.

"죽……였어?"

"무슨 소리야. 죽은 걸 누가 사가. 데리고 가서 죽이겠지."

남자는 어이가 없다는 듯 대답했다.

"그럼…… 이제 어떻게 되는 거지?"

이태이는 덜덜 떨리는 손을 주머니에

넣으며 최대한 아무렇지 않은 척 물었다.

"뭘 어떻게 돼. 우리는 그냥 돈 받고 배 태워 보내고 끝이지. 궁금해서 묻는 거야, 아님 시비 터는 거야? 왜 그러냐 진짜, 오늘?"

남자가 짜증 내며 대답했다.

"웃긴 게 그 여자애가 정신 차리더니 뭐라는 줄 아냐? 이 몸이 자기 몸이 아니란다. 무시했더니 이번엔 자기가 돈이 있으니까 갚는다고 얼마냐고 묻더라니까."

이태이가 놀라 고개를 들었다. 그 말은 즉, 누군가 다른 사람이 이태이의 몸에 들어가 있다는 것이었다. 누가? 가장 먼저 떠오른 것은 이 몸의 원래 주인이었다.

하지만 이상하다. 이 살인자와 이태이가 서로 몸이 바뀐 거라면 자신이 누구인지 말하지 않았을 리가 없다. 동료니까 분명 도움을 청했을 것이다.

이태이는 혼란스러움에 머릿속이 마구 엉키는 것만 같았다.

"이쪽도 확인해봤어?"

멀리서 목소리가 들려왔다. 경찰이었다. 골목 끝에서 경찰복을 입은 사람들이 지나쳐 갔다. 다행히 두 사람을 발견하지는 못한 것 같았다. 갈라서는 것이 더 낫다고 생각했는지 남자는 이태이의 손에 휴대용 접이식 칼을 하나 쥐여주고는 말했다.

"우리는 자정에 만나자. 어딘지 알지? 부두에 우리 배 들어오는 곳."

남자의 물음에 이태이는 얼결에 고개를 끄덕였다. 그게 어딘지 알 리는 없었지만.

이태이도 서둘러 골목을 벗어났다. 다행히 시장 내 상가들 뒤로 고양이나 다닐 법한 아주 좁은 길이 있는 걸 알고 있었다.

누군가 이태이가 되어 어딘지도 모를

곳에 끌려가 죽는다. 이렇게 그 사람이 죽게 놔두는 것이 맞을까. 이태이는 좁은 길을 힘들게 빠져나가며 생각했다.

인생을 바꾼 죄라면 이태이도 톡톡히 치르고 있는 중이었다. 그래도 이 사람의 위치라면 살릴 수 있는 방법이 있지 않을까? 뭐라도 해봐야 하는 건 아닐까.

하지만 시장에서 흘러나오는 가요의 의견은 달랐다. '모든 걸 다 잊고 새로 시작하는 거야.' '떠나. 어제의 너는 너와 상관이 없는 사람일 뿐이야.' 우연이라 넘기기엔 너무 흔치 않은 노래 가사였다.

골목을 다 빠져나오자 비교적 인적이 드문 부두 끝에 다다랐다. 이제 어디로 가야 하는지 고민하던 찰나, 이태이는 눈앞에서 휘청거리는 남자를 저도 모르게 부축하고 말았다.

"괜찮으세요?"

고개를 든 남자는 익숙한 얼굴이었다. 바로 표진노 형사. 하필 지금 경찰과 마주치다니. 도망쳐야 했지만 이태이는 너무 당황한 나머지 주춤거렸다. 그런데 어쩐지 이상했다. 표진노는 이 남자를 모르는 사람 보듯 하고 있었다.

"감사합니다."

심지어 공손히 대답까지 했다. 아까 그 남자가 말하기론 이 두 사람이 분명 아는 사이 같았는데 왜 모르는 척하지?

"아…… 저 모르세요?"

확실히 이상하다 생각한 이태이가 다시 물었다. 설마, 혹시나 하는 마음이 들어서였다.

"표진노 형사님 맞으세요?"

순간 표진노의 얼굴이 굳는 걸 보며 어느

정도는 확신이 들었다.

"아니죠?"

"누구야? 당신······."

표진노가 날이 선 말투로 물었다. 어쩌면 이 사람, 표진노가 아닐지도 모른다.

이태이가 칼이 든 주머니 근처에 손을 가져갔다. 긴장감이 흐르는 두 사람 사이로 택시 한 대가 멈춰 섰다. 기사가 창문을 내리자 커다란 라디오 소리가 들려왔다.

"택시 타요?"

나이가 지긋한 택시 기사는 승객을 찾는 것 같았다. 택시가 나타나자 당황한 이태이는 고개를 돌린 채 얼굴을 가렸다. 두 사람 모두 탈 기미가 보이지 않자 택시 기사는 이내 천천히 차를 움직였다. 그렇게 사라지는 택시의 창문 밖으로 라디오 드라마 대사가 흘러나왔다. 말투로 보아서는 사극이었다.

"장군! 아군이옵니다!"

하지만 대사와는 달리 표진노는 택시가
지나가는 동안 주변에서 무기가 될 만한 걸
찾아 들고 있었다. 이태이 본인만큼이나 겁에
질린 모습이었다.

"이 얼굴 정말 모르세요?"

이태이가 먼저 경계심을 풀고 스스로의
얼굴을 가리키며 말했다.

"저 이 남자 아니에요. 저는 사실……
여자예요. 스무 살이고요."

이태이는 상대가 누군지 확인도 하기
전에 자신의 정체를 실토했다. 그 사람을
정말 아군이라 믿어서라기보다는 누군가에게
말하지 않으면 미쳐버릴 것 같은 기분이
들어서였다.

"눈을 뜨니까…… 이 사람이었어요."

그 말을 꺼내다 보니 꾹꾹 눌러 두었던

울음이 터져 나왔다. 결국 이태이는 쪼그리고 앉아 부두에 버려진 쓰레기 더미에 기대 흐느꼈다. 어떻게 보일지 몰라도 이태이는 이제 막 스무 살이 된 소녀였다. 그런 이태이의 마음이 느껴졌던 걸까, 표진노는 들고 있던 갈고리를 내려놓았다.

"맞아요. 나 표진노 아니에요."

표진노가 이태이에게 걸어오려는 때였다.

"표진노 반장님!"

이태이가 표진노를 향해 다가오는 사람을 보고 황급히 건물 틈 사이에 몸을 숨겼다. 아침에 집에 찾아왔던 형사였다. 다행히 쓰레기 더미에 가려져 있어 이태이를 보지 못한 듯했다.

"아, 처음 뵙겠습니다. 전화드렸는데 받지 않으셔서요."

형사는 표진노 속의 누군가와 부두에서

일어난 살인 사건에 대해 몇 마디를 나누었다.

두 사람의 대화가 길어지자 이태이는
마음이 초조했다.

형사는 표진노에게 무언가 보여주는 것
같았다.

"혹시 이 사람 아시나요? 피해자
김민수입니다. 그리고 이 남자가 용의자예요."

순간, 이태이의 몸에 힘이 들어가면서
발이 주춤했다. 발이 끌리는 소리에 형사의
시선이 건물 안쪽으로 향하려던 찰나였다.

"아니요……. 전혀 모르는 얼굴입니다."

표진노, 아니, 그 속의 다른 사람이
대답했다. 형사가 몇 가지 질문을 더 했지만
표진노는 차분히 대답할 뿐 어떠한 내색도
하지 않았다. 어쩐지 찝찝한 표정의 형사는
연락을 받고 급히 자리를 떠났다. 표진노는
형사가 완전히 사라진 것을 확인하고 나서야

이태이를 불렀다.

"나와요."

그제야 이태이는 하루 종일 힘주고 있던 몸에 긴장이 조금 풀리는 것 같았다.

"거리를 두고 따라와요."

도착한 곳은 바로 근처 오래된 빌라였다. 이태이에게는 낯선 풍경이었다. TV에서나 보던 '가정집' 같달까. 퀴퀴한 먼지 냄새마저 여관하고는 조금 달랐다. 소파 옆 낡은 책장에는 모서리가 해진 책들이 가득했다. 주로 요리 레시피나 여행에 관한 것들이었다. 그리고 먼지가 쌓인 장식장 위에는 경찰복을 입은 표진노 형사의 사진이 보였다.

"여기 어디예요?"

"우리 집이죠."

"우리 집이라고요?"

표진노가 아니라고 했는데 무슨 말이지.
표진노는 고개를 돌려 의아해하는 이태이를
보며 말했다.

그녀의 이름은 유은희였다. 표진노가
아니라 그의 아내라고 했다.

"잠시 소파에 앉아 기다려요."

얼마나 지났을까, 유은희가 카레를 만들어
왔다.

"오늘 하루 종일 아무것도 못 먹었을
것 같아서요. 내가 집을 오래 비워서 딱히
먹을 건 없고 그냥 냉동실에 있던 걸로 대충
만들어봤어요."

"감사합니다."

이태이는 얼떨결에 카레 그릇을 받아
들었다. 카레에는 별 모양의 특이한 야채가
들어 있었다.

"오크라라는 채소예요. 그거라도 하나

냉동실에 있더라고요."

"별 모양이네요."

"별 좋아해요? 카람볼라라는 과일도
있는데 그건 더 별같이 생겼어요. 색도
노랗거든요."

카레를 한 입 먹었다. 따뜻한 음식이었다.
유은희가 띄워준 별 모양의 야채가 이태이의
목으로 넘어갔다.

두 사람은 얼굴을 마주하고 밥을 먹었다.
그리고 대화를 나눴다. 마지막으로 누군가와
대화를 나눠본 적이 언제였을까. 어쩌면
처음일지도 모른다.

"그런데 아까 왜 도와주셨어요? 절 어떻게
믿고."

이태이의 질문에 유은희는 잠시
생각하더니 대답했다.

"글쎄요. 그냥요, 그냥 도와주고 싶어서?"

그냥, 그냥 할 수도 있구나. 밥을 다 먹고 유은희의 집을 나설 때까지 이태이는 그 말을 속으로 반복했다. 해야 해서도 아니고, 누가 시켜서도 아니고, 그냥 하고 싶어서.

"다시 찾아와도 될까요? 만약 돌아가게 되어도 만나러 올게요. 저는 눈썹 아래 점이 있고 키는 이 정도에 머리는 짧아요."

이태이는 유은희의 집을 나서며 말했다. 만약 돌아가게 되더라도, 아니면 이 삶을 계속 살더라도 어쩐지 유은희가 있으면 괜찮아질 것 같았다.

거리로 나온 이태이는 부두를 향해 달리기 시작했다. 이태이에게도 지금, 그냥 하고 싶은 일이 있었다. 어느새 밖은 깜깜해졌고 밤 9시까지 얼마 남지 않았다.

Stop! 담벼락에 빨간색 래커로 칠한 커다란 낙서가 눈에 들어왔지만 이태이는 멈추지 않았다. 가는 길마다 빨간 신호등이 켜졌고 누군가가 이 남자의 얼굴을 알아보고 수군대기 시작했다.

건물 TV에서 방영되는 만화영화, 휴대폰 대리점에서 흘러나오는 노래 가사, 길거리에서 누군가 나눠주던 전단지가 하는 말 따위는 들리지 않았다.

부두 끝에 다다랐을 때 다행히 오래 헤매지 않고 배를 찾을 수 있었다. 빡빡머리 남자 덕이었다.

"야, 이 미친 새끼야!"

빡빡머리가 소리를 질렀다. 이태이의 뒤로 경찰차의 화려한 사이렌 불빛이 따라오고 있었다.

다행히 사람들을 실은 배가 아직 떠나지 않았다. 살았다. 이태이는 왠지 모를 해방감에 웃음이 나왔다.

"이런 미친 새끼!"

이태이의 손목에 수갑이 채워졌다.

유은희

식물인간이 되고 나서 유은희는 자신이
하고 싶은 게 많았다는 걸 느꼈다. 밑 빠진
독을 채우기 위해 일하는 삶이었다. 너무
지쳐버렸다고 느꼈을 땐 모든 게 그냥
멈췄으면 했다.

놀랍게도 아버지가 돌아가시던 그날,
유은희의 삶은 멈췄다.

고향인 작은 섬도 답답했던 그녀에게
160센티미터짜리 몸 안에 갇히는 것은
생각보다 더 힘든 일이었다. 몸 안에 갇히는
느낌은 평생 풀리지 않는 가위에 눌리는 것과
같았다. 온 힘을 다해 움직여보려 했지만,

이내 몸에 힘이 들어가지 않는다고 인정하게
됐다. 그 뒤로는 움직이려는 노력조차 하지
않았다. 온몸에 힘을 풀고 가만히 누워 있다
보면 아주 깊은 바닷속으로 가라앉는 느낌이
들었다. 역시 잠수를 해야 하는 팔자였을까.

　고향에선 어머니도 이모도 깊은 바닷속을
헤엄치는 해녀였다. 어머니는 함께하자
했으나 유은희는 바다에 가고 싶지 않았다.
잠수도 배우지 않았다. 어느 날 어머니가
바다에 갔다가 돌아오지 못한 뒤, 아버지는
유은희를 데리고 섬을 떠났다. 그리고 꽤 오랜
시간 공장에서 일을 했다. 평생 공장 먼지를
마신 아버지는 결국 폐병으로 병원 신세를
지게 되었고, 유은희는 간병인 일을 하며
아버지 병원비를 마련했다. 아픈 사람들의
몸을 닦고 밥을 먹이며 얼굴을 마주했다. 아주
오랫동안 아무도 들여다보지 않은 얼굴들을

유은희는 최대한 따뜻하게 마주하고 싶었다. 간병인 일을 오래 하다 보면 알 수 있다. 아무도 돌보지 않는 사람들의 가장 아픈 구석은 외로움이다. 생각보다 훨씬 작은 온기만으로도 사람은 살아가는 힘을 얻는다. 그런 생각을 하면서, 그때는 왜 그랬을까 돌이켜보곤 했다. 나중에 몸에 갇혀서 곱씹게 된 것이지만, 정작 죽는 날까지 아버지를 따뜻하게 바라본 적이 없었던 것은 참 아이러니한 일이다.

눈을 뜨면 하얀 천장이 보였다. 오로지 할 수 있는 것은 눈을 깜박이는 일. 처음엔 그것조차도 마음대로 할 수 없었다. 최근 들어서는 의지대로 눈을 감고 뜰 수 있게 되었다. 하지만 이를 알아차린 사람은 아무도 없었다. 종합병원을 나와 이 병원으로 온 뒤론 별다른 검사도 없이 방치된 지 오래였다.

소리가 점점 더 선명해지고 음식
냄새도 나기 시작했다. 병원 음식은 메뉴가
달라지더라도 늘 비슷한 냄새가 났다.
그마저도 먹을 수는 없지만. 딱 하루만
주어진다면 요리를 하고 싶다고 생각했다.
스스로를 대접할 수 있는 유일한 방법은
요리였다. 자신의 손길이 닿았던 집 주방에서
밥을 해먹고 제대로 남편을 마주하는 것.
그거면 충분했다.

그날은 자정이 다 되어가는데도
남편은 오지 않았다. 매일같이 이 시간이면
찾아왔었는데. 혹시 무슨 일이 생긴 건가.
자정을 알리는 시계 소리가 들리고
곧이어 병실 스피커로 안내 방송이

흘러나왔다. 이 시간에 방송을 하다니 이상한
일이었다.

　"안내 방송 드립니다……."

　이어지는 내용 역시 여느 때와는 조금
달랐다.

　"새로운 삶을 살고 싶나요? 나 아닌
아무나, 아무나와 삶을 바꾸고 싶다면 지금
눈을 두 번 깜박여주세요."

　주변은 평소와 다름없이 조용했다.
나한테만 들리는 건가? 몸 안에 갇혀 있다가
정신이 조금 이상해진 건가. 하지만 방송은 더
또렷하게 다시 들려왔다.

　"다시 한번 안내 방송 드립니다……. 다른
누군가와 삶을 바꿀 기회를 원하신다면 지금
눈을 두 번 깜박여주세요."

　다른 사람의 인생과 내 인생을 바꾼다니.
거짓말이라도 한 번 더 듣고 싶은 말이었다.

속는 셈 치고 눈을 두 번 깜박여볼까,
생각했지만 잠시 망설였다. 그건 자신이 다른
인생으로 가는 것보다도 이 지옥 같은 몸 안에
들어올 누군가 때문이었다.

그 순간, 방송이 한 번 더 들려왔고
유은희는 결국 눈을 두 번 깜박였다. 다른
누군가를 걱정하기엔 유은희는 이 몸을
벗어나 꼭 이루고 싶은 간절한 소원이 있었다.

눈을 떴을 때 유은희는 집에 있었다. 떠난
지 1년 정도 됐을 텐데, 한 10년 만에 와본
것처럼 낯설었다. 어디선가 알코올 냄새가
진동을 했다. 내뱉는 숨마다 느껴지는 걸 보고
자신의 몸에서 온통 술냄새가 난다는 것을
깨달았다. 역시나 꿈인가? 꿈에서도 냄새가

나나. 꿈에서조차 이 집을 벗어나지 못하다니.
한숨이 나왔다. 하지만 아주 오랜만에 몸이
움직이는 느낌이 들었다. 어깨가 꿈틀거리고,
손가락이 구부러졌다. 그 자유로움이 너무
반가워서 영원히 깨지 않았으면 좋겠다는
생각이 들 정도였다. 침대에 가지런히 누워
있던 몸을 일으켜 바닥을 짚었다. 발바닥의
감촉도 낯설었지만 진짜 같았다. 어딘가 크고
뭉툭해진 발의 모양이 이상하게도 익숙했다.
유은희는 발을 떼고 걸어보았다.

　집 안을 이리저리 둘러보다가 주방으로
갔다. 한때는 방에 있는 것보다 마음이 편했던
자신만의 공간이었다. 유은희는 자신의
손때가 묻은 그릇들을 만졌다. 왜 이렇게
먼지가 쌓였지. 냉장고 안에는 유은희가
마지막에 채워뒀던 식자재들이 말라비틀어진
채 굴러다녔다.

유은희는 자신처럼 움직이지 못하고 이곳에 쌓여 있었을 그릇들을 들어서 싱크대로 옮겼다. 누군가는 꿈속에서까지 일을 사서 한다 하겠지만 그릇을 닦고 광내는 건 유은희가 꼭 하고 싶었던 것들 중에 하나였다.

오랫동안 깨어나지 않았으면 하는 꿈이라고 생각하며 그릇을 씻으려 팔을 걷었을 때, 유은희는 멈칫했다. 팔뚝에 그어진 상처가 익숙했다. 유은희는 화장실로 달려가 불을 켰다. 거울 속 얼굴은 남편이었다.

꿈이 아니라는 것을 깨닫고 급히 향한 곳은 병원이었다. 병실 안으로 들어서자 옆자리 환자가 알은체를 해왔다. 저렇게 생긴 사람이었구나. 유은희는 가볍게 고개를 숙이고 자신의 침대를 찾아갔다. 거기엔

여전히 유은희가 누워 있었다. 유은희는
자신의 육신을 가만히 내려다봤다.

자신의 팔에 손을 갖다 댔다. 꿈이
아니다. 정말 저 몸에서 이 몸으로, 유은희는
탈출했다.

그렇다면 남편은 어디에 있을까. 설마
자신의 안에 있을까.

"당신, 그 안에 있어?"

남편이 늘 그랬던 것처럼 유은희가
몸을 숙여 낮게 속삭였다. 손끝이 바들바들
떨려왔다.

"만약 당신이 아니면 눈을 두 번 깜박이는
거야. 맞으면 한 번. 길게 한 번만 깜박여."

대답을 기다리며 두 눈을 조용히
바라봤다. 심장 박동이 너무 크게 느껴져서
온몸이 울리는 것만 같았다.

침대에 누운 유은희의 두 눈이 스르르

뜨였다가, 감겼다. 하지만 대답을 하는 건지 아닌 건지 알기 어려웠다.

"다시 한번 물을게요. 다…… 당신이 표진노가 아니면 빠르게 두 번 맞으면 길게 한 번 깜박여요."

그러자 이번엔 앞서 감던 것들과는 확연히 빨라진 속도로 두 번, 두 번 눈이 깜박였다.

'나는 표진노가 아니다.' 깜박— 깜박— 대답이 이어졌다. 유은희 안에 갇힌 누군가는 마치 답답해 미치겠다는 듯 눈을 계속해서 깜박였다. 유은희는 뒷걸음질 쳤다.

무작정 거리로 나온 유은희는 혼란스러웠다. 혹시 남편이 거짓말을 하는 게 아닐까. 하지만 확인할 방도가 없었다. 남편을 찾아야만 했다. 순간 두통이 느껴졌다. 속이

메슥거려 몸이 고꾸라졌다. 맥없이 휘청이는
유은희를 누군가 붙잡았다.

"괜찮으세요?"

날카롭게 생긴 젊은 남자였다. 그는 잠시
유은희를, 아니 그녀의 남편 표진노의 얼굴을
봤다. 뭔가 당황한 기색이었다.

"아…… 저 모르세요?"

남자가 물었다. 물론 유은희에게는 처음
보는 남자일 뿐이었다. 남편을 아는 사람인가.
순간 유은희는 얼어붙어 아무 말도 하지
못하고 가만히 서 있었다.

"표진노 형사님 맞으세요?"

순간 심장이 덜컥 내려앉았다. 뭐야, 이
사람은? 누구지? 뭘 알고 있는 걸까?

"아니죠?"

"누구야? 당신……."

유은희가 날이 선 말투로 물었다. 이 남자,

유은희가 진짜 표진노가 아니라는 것을 알고 있다. 그렇다면 딱 하나는 반드시 확인할 필요가 있었다. 이 안에 든 것이 남편인지 아닌지.

남자와 유은희 사이에 긴장이 맴돌았다. 남자 역시 경계하는 얼굴로 거리를 유지했다. 남자는 주머니에 손을 넣어 무언가 쥐었다. 길쭉한 실루엣이 보였다. 칼 같았다. 유은희는 서둘러 공격할 만한 것이 있는지 주변을 둘러봤다. 배에서 나온 쓰레기들 중 손이 닿을 거리에 다 녹슨 갈고리가 보였다.

유은희가 갈고리에 손을 뻗으려는 순간이었다. 택시 한 대가 두 사람 옆으로 멈춰 섰다.

그 택시가 지나가고 난 뒤로 어쩐지 남자의 표정은 한층 누그러진 것 같았다. 유은희는 갈고리를 집어 들었다. 하지만

남자는 주머니에서 손을 떼고 조심스레 말을
꺼냈다.

"저 이 남자 아니에요."

억울한 말투였다. 겁에 질렸다는 말이
더 맞을지도 모른다. 확실히 남편의 말투는
아니었다.

"저는 사실…… 여자예요. 스무 살이고요.
눈을 뜨니까…… 이 사람이었어요."

덩치에 맞지 않게 남자는 말을 하다 말고
갑자기 쪼그리고 앉아 울음을 터뜨렸다.

아니다, 이 안에 있는 사람은 표진노가
아니다. 유은희가 생각에 잠긴 틈에 훌쩍이던
남자는 누군가를 발견하고는 황급히 몸을
숨겼다.

"표진노 반장님!"

부르는 소리에 뒤돌았을 때 누군가
유은희를 향해 다가오고 있었다. 역시나

모르는 얼굴이었지만 다행히 먼저 자신의 소속을 밝히며 인사했다. 남편의 동료인 듯했다. 어떻게 반응해야 하는지는 몰라도 일단 침착하자고 생각했다.

"아, 처음 뵙겠습니다. 전화드렸는데 받지 않으셔서요."

"무슨 일로……."

"어젯밤 부두에서 난 살인 사건 말인데요."

"살인 사건요?"

"혹시 이 사람 아시나요? 피해자 김민수입니다. 그리고 이 남자가 용의자예요."

김 형사는 피해자 사진을 보여주며 유은희의 표정을 유심히 살폈다. 반응이 없자 그다음으로는 유력한 용의자의 얼굴을 보여줬다. 두 번째 사진을 보자 유은희의 표정이 미세하게 달라졌다. 빌라 엘리베이터에 달린 CCTV에서 가져온지라

선명하지는 않았지만, 지금 벽 사이에 숨어
있는 남자라는 것쯤은 확인할 수 있는
사진이었다. 유은희는 잠시 고민했지만 이내
차분히 대답했다.

"아니요⋯⋯. 전혀 모르는 얼굴입니다."

"전혀 모르신다고요? 둘 다요?"

"네."

"반장님과 아는 사이라고 하던데."

"누가요?"

유은희는 형사가 건네는 말들이 자신을
떠보기 위함임을 일찍이 눈치채고 있었다.
오랫동안 형사의 부인으로 살아가면서
자연스럽게 터득한 것이었다.

"아니신가요?"

"아닙니다."

단호한 대답에 형사가 태도를 부드럽게
바꾸었다.

"그렇군요, 반장님. 제가 다른 팀이긴 하지만 상급자시니 말씀 편하게 하셔도 됩니다."

"아니요. 지금은 상급자로 날 찾아온 것 같지 않아서요. 원하는 게 뭐죠?"

하지만 그것 역시 유은희에게는 통하지 않았다.

"어젯밤 어디에 계셨나요?"

역시나 만만치 않다 생각했는지 형사는 단도직입으로 물었다.

"피해자 김민수 씨랑 어젯밤 저기 부두 끝 식당에서 함께 있는 걸 본 사람이 있거든요."

"그래서 무슨 문제라도 있나요?"

"아니요. 아닙니다. 지금은 어디 가시는 길인가요?"

"……집에 가는 중이었어요. 조사가 필요하다면 제가 내일 서에서 이야기해도

되겠죠? 오늘은 일이 좀 있어서요."

"내일 오신다고요?"

"네. 출근을 해야 하니까요."

"아, 그렇죠. 네, 그럼 알겠습니다."

의심의 눈빛을 거두지 않던 형사는
누군가의 전화를 받고는 찝찝한 표정을 한 채
황급히 사라졌다. 그의 모습이 완전히 사라진
것을 확인하고 나서 유은희는 벽 속의 남자를
불렀다.

"나와요."

유은희의 부름에 남자가 순순히 걸어
나왔다.

자신이 스무 살 여자라고 주장하는
남자를 유은희는 집으로 데려갔다. 평소
같았으면 웬 미친놈인가 했겠지만 지금은
달랐다. 말도 안 되는 상황에 놓인 것은

유은희도 마찬가지였다.

남자는 자신이 부두에 사는 스무 살의 이태이라고 했다. 그 사연은 실로 기가 막혔다. 죽고 없는 부모의 빚을 갚으며 홀로 자란 소녀의 인생이 어쩌다 인신매매로까지 이어졌을까.

지금 이 두 사람에겐 서로가 이해해줄 수 있는 유일한 존재였다. 유은희 역시 소녀에게는 입장을 털어놓을 수 있을 것 같다고 생각했다.

"그러니까…… 표진노 형사 부인이시라는 거죠? 그럼 표진노 형사님은요?"

"몰라요. 어딘가에 있겠죠. 우리처럼."

유은희는 어딘가 있을 남편을 떠올렸다. 그리고 어쩌면 남편을 만날 수 있는 방법이 이 집에서 기다리는 것밖에 없다는 사실을 깨달았다.

그전에, 이 소녀에게 무언가 해줄 순
없을까?

"잠시 기다려요."

유은희는 주방으로 가 냉장고를 뒤지기
시작했다. 냉장고에는 남아 있는 것이 많지
않았다. 몇 안 되는 재료로 아주 오랜만에
요리를 하기 시작했다. 소녀에게 유은희가 줄
수 있는 위로라고는 따뜻한 식사 한 끼밖에
떠오르지 않았다.

카레에 든 오크라를 보며 별이라 하는
것이 영락없는 스무 살이었다. 다행히 잠깐의
온기에 소녀는 기운을 차린 듯했다. 덕분에
유은희도 아주 잠시 안정을 찾을 수 있었다.

"저는 눈썹 아래 점이 있고 키는 이
정도에 머리는 짧아요."

떠나기 전, 소녀는 혹시 원래 몸으로
돌아가게 되더라도 자신을 알아볼 수 있도록

설명해주었다.

"어떤 모습이든 꼭 다시 만나요!"

떠나는 소녀에게 유은희는 말없이 미소 지었다.

소녀가 떠나고 유은희는 주방으로 가 남겨진 접시를 깨끗이 닦아 정리했다.

"미안해요."

유은희는 작게 읊조렸다.

다시 만날 수는 없을 겁니다. 곧 모든 게 다 끝날 거거든요.

유은희는 안방으로 가 남편을 기다렸다. 유은희의 손에는 오랜 시간 직접 다듬어온 식칼이 들려 있었다.

유은희는 칼을 쥔 손에 힘을 주었다. 찔러야 한다. 죽여야 한다. 남편을. 몸에 갇혀 있는 내내 정신을 놓치지 않았던 단 하나의

이유였다. 이 삶이 딱 하루만 주어진다면,
남편을 죽이겠다고. 복수하겠다고.

❖

　　유은희는 밤마다 들려오는 남편의
목소리가 제일 견디기 힘들었다.
　　"형사라더니, 일도 바쁘면서 이렇게
매일같이 오는 남편이 어딨어!"
　　주변 사람들의 말이 들렸다. 간호사는
남편을 애처가라 불렀다. 다들 모르고 하는
말이다. 매일 밤 남편이 속삭이는 말들의
정체를 모르니까.
　　"처음부터 널 만나는 게 아니었어."
　　내가 꾸역꾸역 밥을 먹는 것을 보면
역겨워 늘 자신이 속이 좋지 않았다는 말.
죽은 생선 같은 눈동자를 마주치기 싫어 내가

잠들면 들어와 일어나기 전에 나갔다는 말.
사소한 습관에 대한 증오부터 존재 자체에
대한 경멸까지. 표진노는 유은희의 귀에 인이
박이게도 속삭였다.

"이 나이 먹고 변변한 집 한 칸 없는 것도,
이렇게 구질구질한 삶을 사는 것도 다, 다 네
탓이야. 네가 내 인생을 다 끝냈어."

그래. 결국엔 그 말이 하고 싶은 거겠지.
모든 게 다 내 탓이라고.

이상하게도 유은희는 점점 살아야겠다는
의지가 생겼다. 아무것도 할 수 없는 몸에
갇혀 매일같이 남편을 죽이는 상상을 했다.
복수하고 싶었다. 남편이 싫은 이유야
적자면 끝도 없지만 그 전부가 죽이고 싶은
이유는 아니었다. 표진노를 죽이고 싶을 만큼
유은희가 용서할 수 없는 일은 따로 있었다.

❖

곧 남편이 올 것이었다. 누구의 몸에
들어갔든 남편은 반드시 집으로 올 것이다.

띅띅띅— 밖에서 드디어 도어록 번호
눌리는 소리가 나더니 이윽고 발소리가
들렸다. 유은희가 주방으로 향했을 때
냉장고에서 소주병을 꺼내 들이켜는 여자의
뒷모습이 보였다.

"올 줄 알았어. 당신에게 가장 소중한 게
이 집에 있잖아."

유은희의 말에 표진노가 놀라 뒤돌았다.
소주병을 들고 서 있는 남편, 아니 한 앳된
얼굴의 여자를 바라보았다.

"이런……."

유은희는 그 얼굴이 누군지 금세 알아볼
수 있었다. 짧은 머리에 말랐고 오른쪽 눈썹

아래 작고 까만 점이 있었다. 유은희는 울컥 눈물이 고였다.

"너무 예쁘네. 너무."

"뭐…… 뭐야."

표진노는 당황한 기색이 역력했다.

"누, 누구야?"

"내가 당신 인생을 정말 끝내러 왔어."

그 말에 비로소 표진노가 자신의 몸에 들어간 이의 정체를 알아챈 것 같았다.

"다…… 당신?"

귀신이라도 본 얼굴이었다. 표진노는 뒷걸음질 쳤지만 도망가지 못하고 주저 앉았다.

"죽어."

유은희는 눈물을 흘리며 칼을 쥔 손에 힘을 주었다.

"자…… 잠깐……."

표진노는 자신을 향해 칼을 들고 오는 아내를 피해 일어나려 했지만 계속해서 중심을 잡지 못하고 넘어졌다. 아무래도 이태이의 몸이 갑자기 삼킨 알코올을 받아내지 못하는 것 같았다.

유은희는 드디어 마주한 남편을 향해 칼을 휘둘렀다. 그의 잔인한 입 안으로 칼을 집어넣는 상상을 매일 해왔었다.

정신을 차렸을 땐 바닥에서 헛구역질을 하는 표진노가 보였다. 그리고 그 앞에서 유은희는 피 묻지 않은 칼을 내려다봤다.

차마 찌를 수 없었다. 이태이의 여린 몸을. 유은희는 남편에 대한 분노와 원망으로 부들부들 떨었다.

다 끝났다고 생각했을 때 유은희는 창밖에서 번쩍이는 불빛을 보았다. 경찰차였다. 결심한 듯 불빛을 따라 밖으로 나섰다.

❖

어느새 껌껌해진 부두의 끝에 선
유은희를 경찰들이 둘러쌌다. 그중엔 낮에
수산시장에서 만난 형사도 보였다.

자정이 다가옴을 알리는 사이렌이 울렸다.
형사들이 눈빛을 주고받자 유은희가 한 걸음
더 뒤로 물러섰다. 이제 한 걸음 정도만 더
가면 바다였다.

"내가 사람을 죽였습니다."

유은희가 말했다.

"다 알고 왔습니다. 공터에서 차가
발견됐어요. 칼 내려놓으세요. 표진노 반장님."

형사는 최대한 차분히 어르듯 말했다.

"2년 전에 장인을 죽였습니다."

"뭐라고요?"

"도박 빚 때문에 장인어른의 보험금이
필요했거든요. 그래서 장인어른의 호흡기를
떼어 죽였습니다. 그리고 그걸 본 아내를
밀쳐서 아내는 식물인간이 되었습니다."

새로운 자백에 경찰들이 반응했다.

"표진노 씨! 일단 칼 내려놓고 다시
이야기해요, 우리!"

"미안합니다. 잘못했어요. 미안합니다.
미안합니다."

유은희는 남편의 입으로 꼭 듣고 싶었던
말을 반복해서 했다.

"네, 알겠다고요. 뉘우치고 계시니까
우리 같이 죗값을 치르고 다시 살면 되지
않겠습니까."

그 말에 유은희는 울컥 화가 났다.

"아뇨. 용서할 사람이 없는데 어떻게

죗값을 치르나요! 다시 살면 된다고요? 내
아버지는 죽었는데! 왜 이 인간은 다시 살
기회를 줘야 합니까?"

형사는 무언가를 직감했다는 듯 유은희를
향해 달려들었다.

"살 가치가 없는 사람이에요."

유은희는 말릴 새도 없이 칼을 놓은 뒤,
바다로 몸을 던졌다.

차갑고 검은 바닷물이었다. 물 위로 몇몇
불빛이 어른거리다가 점점 흐려졌다. 그렇게
남편의 몸을 안고 유은희는 가라앉았다.
버둥거림도 없이 더 깊은 곳으로 잠수해
들어갔다. 역시 잠수를 해야 하는 팔자였을까.

표진노

21년 차 형사 표진노는 이 부두에서

'불법적으로' 열심히 사는 사람들이 잡혀가지 않도록 관리했다. 안전하게 불법을 저지를 수 있도록. 오히려 그들이 더 큰 선을 넘지 않도록 통제하는 것이다. 물론 대가를 받았다. 경찰이면서 왜 뒷돈을 받느냐고 묻는다면, 보상이라고 대답할 것이다. 20년 넘게 온갖 서슬 퍼런 것을 들고 덤비는 놈들과 싸우며 살아남았다. 그런데 멀쩡한 집 한 채 없다니. 변변한 차 한 대 없다니. 오히려 도박 빚만 남은 이 인생은 꼬여도 단단히 잘못 꼬였다.

공무원 노래를 불렀던 가난한 부모가 시작이었을 것이고, 어린 나이에 잠시 미쳐서 택한 별 볼 일 없는 결혼도 그랬을 것이다. 특진을 앞두고 잠깐 차에 앉아 있다 음주 운전 단속에 걸렸던 것도 한몫했을 것이고, 하필이면 표진노가 증거를 치워준 지역 의원의 아들이 다음 날 다른 곳에서 마약을 하다가 또 잡혀온 것도 컸을 것이다. 남들 다 하는 나쁜 짓도 표진노에게는 꼭 탈이 났다.

지금 와서 다시 생각해도 아내와는 너무 잘못 만난 사이였다. 아내는 차분히 가라앉는 진흙 같았다. 표진노는 아내가 늘 자신을 저 바닷속 깊은 곳까지 끌어내리는 것 같았다. 일찍 갈라섰다면 어땠을까, 종종 생각했다. 장인이 돌아가시던 날, 표진노의 아내는 바통 터치를 하듯 병원 침대에 누웠다. 그리고 식물인간이 되었다.

서에서는 투명 인간이나 다름없었다. 아무도 돌보려 하지 않는 부두의 일과 함께 표진노는 보고도 알고 싶지 않은 인간으로 여겨졌다. 비린내 나는 뒷돈이나 받으며 술냄새나 풍기고 다니는 그에게 인사를 건네는 후배 하나 없었다. 최근 들어서는 부두 사람들도 그를 무서워하는 것 같지

않았다. 어디서부터 잘못된 건가. 역시
아내를 만나면서 팔자가 더러워진 것인가?
그때 그러지 않았더라면, 그때 그랬더라면,
내 인생은 어떻게 됐을까 하는 생각은 그의
머릿속을 떠나질 않았다. 그날도 이런저런
푸념을 하며 술을 마신 것뿐이었다.

❖

눈을 떴을 땐 차가운 바닥에 누워 손발이
묶인 채였다. 그 앞을 돌아다니는 빡빡머리
남자가 눈에 들어왔다. 아는 얼굴이었다.
이름도 출신도 없이 작년 부두에 갑자기
나타난 놈들. 납치, 감금과 관련한 일을
대신해준다더니 최근 들어 부두의 채권을
모두 사들였다. 그걸 빌미로 사라져도 문제
없을 사람들을 잡아 판다는 소문이 표진노의

귀에도 들어왔었다. 일이 커지는 것 같아 신경
쓰였지만 그냥 모른 척 넘겨버렸다. 위험한
일을 할수록 상납금은 더 짭짤하니까.

그런데 왜 저놈이 내 앞에 있어.

"지금 뭐 하는 거야……."

표진노가 목소리를 겨우 쥐어짜 말했다.
낯선 목소리에 이상함을 느끼고 고개를
들었을 때 유리창에 비친 모습에 경악을
금치 못했다. 뭐야, 이 여자애는? 표진노는
아직 술이 깨지 않은 것이라 생각하며 고개를
흔들었다. 하지만 술이 덜 깬 것도 꿈을 꾸는
것도 아니었다.

그때 표진노의 머릿속에 무언가 스치고
지나갔다. 표진노는 드문드문 기억나는
어젯밤 일을 떠올렸다.

❖

어젯밤, 이 사채업자들과 엮인 일로 김민수가 홀로 술을 마시고 있던 표진노를 찾아왔다. 김민수는 항구 근처에서 일하는 신용 불량자나 불법체류자들의 은행 역할을 하며 수수료를 떼먹고 살았다. 물론 그 일을 위해 표진노에게 매달 돈을 상납해야 했다. 어디 돈뿐일까. 그는 대리운전부터 잡다한 심부름까지 전부 도맡아 했었다. 표진노는 고아원 출신에 의지할 데 없는 그를 형사라는 권력으로 휘둘렀다. 하지만 쥐도 궁지에 몰리면 문다 했던가. 항상 표진노 앞에서 주눅 들어 있었던 김민수는 그날만큼은 사뭇 다른 얼굴을 하고 있었다.

"나보고 돈을 내놓으라고?"

표진노가 술기운에 비틀거리며 말했다.

"돌려달라는 거죠. 제가 드린 것 반의

반이라도 돌려주세요."

　김민수는 급해 보였다. 김민수가 관리하던

채권을 모두 빼앗기고 신체 포기 각서까지

썼다는 소문을 표진노도 들었던지라 대충

상황이 이해가 되었다. 하지만 표진노는

그런 김민수가 안타깝기보다는 화가 나기

시작했다.

　"너 돈으로 잘못 엮여서 상황이 뭣된 건

알겠는데 그렇다고 날 찾아오는 건 아니지

않냐?"

　"제발 주세요."

　"일단 생각해볼게. 오늘은 그만 들어가봐."

　"아뇨. 시간이 없어요. 지금 주세요."

　"내가 돈이 어디서 나서! 가진 거 다 줘?"

　매달리듯 말하는 김민수에게 표진노가

자신의 지갑 속 지폐 몇 장을 드러내 보이며

소리 질렀다. 하지만 김민수는 높아진
언성에도 굴하지 않았다. 오히려 표정을
바꾸며 악에 받친 듯 말했다. 오늘 밤 안으로
돈을 보내지 않으면 자신이 알고 있는 것을
전부 이야기하겠다고.

그 말에 표진노의 표정이 굳어졌다.
김민수가 그의 비밀을 알고 있었다.

1년 전, 장인을 죽인 것은 술 먹고 저지른
딱 한 번의 실수였다. 사실상 자신이 죽인
것도 아니라고 표진노는 생각하고 있었다.
누워서 의식도 없이 숨만 쉬는 상태였으니 그
노인네는 이미 죽은 것과 다름없었다.

아버지의 입에서 분리된 산소호흡기를 본
유은희가 표진노를 놀란 눈으로 바라봤다.

유은희는 아버지에게 달려가 상태를
확인했다. 이미 숨이 끊어진 후였다.

"당신이 죽였어? 이 살인자야!"

그녀의 말에 정신이 번쩍 들었다.
병실 문을 열고 나가려는 그녀를 붙잡아
넘어뜨렸고 아내의 머리가 바닥에 쾅— 하고
부딪힌 게 마지막 기억이었다.

표진노의 어렴풋한 기억 속에 분명
김민수가 있었지만, 김민수는 그 이후로
별다른 말이나 내색을 하지 않았다. 그날
표진노를 병원에 데려다준 것은 김민수였다.
김민수가 표진노에게 자동차 키를 돌려주기
위해 병실을 찾다가 그 모습을 본 것이다.
술에 취해 어렴풋한 기억이었고 확실하지
않았다. 그렇다고 먼저 물어볼 수도 없었다.
그런데 그 기억이 맞았다. 이 야비한 놈은
언젠가 써먹을 요량으로 내내 입을 다물고

있었던 것이다.

김민수가 오늘 자정을 기한으로 돈 보낼
곳을 적은 뒤 떠나고, 표진노는 홧김에 술을
더 마셨다. 그러고 나서 차를 몰다 사고가
났다. 부두 근처 공터에서였다.

오래된 그의 차는 에어백도 터지질
않았다. 충격으로 술기운이 기분 나쁘게
가셨지만 딱히 몸이 불편하지는 않았다. 다시
시동을 걸었다. 이젠 시동도 걸리지 않았다.
표진노는 주먹으로 핸들을 내리쳤다.

"이 개 같은 차도 나를 무시하네!"

표진노는 점점 더 격하게 차를 내려쳤다.
그러자 갑자기 내비게이션에서 목소리가
흘러나왔다. 인생을 바꿔준다나 뭐라나.
술김에 헛소리를 들었다고 표진노는
생각했다. 하지만 그 목소리는 한 번 더
선명하게 들려왔다.

"인생을 바꾸고 싶다면 버튼을 누르세요."

시동 버튼이 반짝였다. 그는 욕을
중얼거리며 버튼을 짜증스럽게 여러 번
눌렀다. 버릴 수만 있었다면 이미 천 번도 더
버렸을 인생이었다.

도박은 원래 운이다. 따거나 혹은 잃거나,
정해진 것 없이 반반. 그 결과를 직접 보기
전까지는 아무도 알 수 없다. 표진노는 그게
재미있었다. 다 망가진 채 자리 잡아버린
인생에서 유일하게 운명에 걸어볼 수 있는 것.

그래서 그 버튼을 눌렀다. 하지만 이건
아니다.

"여자 하나 더 있어. 그래. 남자 하나는
외국인이야. 뭐? 아니, 갑자기 뭔 소리야.

외국인은 장기가 없는 것도 아닌데 왜 깎아.

아…… 알겠으니까 빨리 처리해줘. 오늘 밤

9시야. 늦지 마."

남자의 전화 내용을 엿들으며 그가

말하는 '여자 하나 더'가 본인이라는 것을

파악한 표진노는 자신이 처한 상황에

어처구니가 없었다.

"아, 일단 이것 좀 풀어봐! 나는 얘가

아니야. 갑자기 몸이 바뀌어가지고…… 하여튼

이것 좀 풀고 얘기하자고."

표진노가 버둥거리며 말했다. 그런 그를

남자는 어이가 없다는 듯 내려다봤다.

"그럼 네가 누군데?"

"그러니까…… 사실 내가……! 나는……!"

표진노는 순간, 자신이 표진노인 것을

말해서 좋을 게 하나도 없다는 걸 깨달았다.

믿어주지도 않겠지만 납득시킨다고 한들

표진노에게 좋은 감정이 있을 리 없었다.

"너는 뭐!"

"아! 진짜 미치겠네!"

"이거 완전 또라이네. 제발 조용히 해라.
너 말고도 지금 힘 뺄 일 천지다."

그렇게 말한 남자는 분주히 움직였다.
잠시 후 누군가의 연락을 받고 남자는 TV를
틀었고, 뉴스가 흘러나왔다. 부두에서 일어난
살인 사건이었다.

그걸 보고 있자니 기억나지 않았던
또 한 장면이 표진노의 머릿속을 스쳤다.
김민수를 만나고 난 뒤, 차 사고가 나기 전의
기억이었다.

김민수가 돈을 구해 오라고 협박한 뒤

차에 올라탄 표진노는 어딘가로 전화를
걸었다.

　[형사님이 이 시간에 무슨 일이세요?]

　"아니 그, 김민수 있잖아? 그 새끼가
나한테 와서 협박을 다 하네? 지 오늘 밤에 배
타고 뜰 거라면서 돈 내놓으라고."

　[아이고, 왜 그랬지. 걱정 마세요. 제가
불러서 잘 타이를게요.]

　그래, 이 빡빡머리 말고 또 다른 하나.
넉살이 좋고 적당히 사람 기분도 맞출 줄
아는 놈에게 전화를 했었다. 그런데 그놈의
사무실에서 김민수가 죽었다. 아마추어도
아니고 불을 내서 죽이다니. 잡히려고 환장한
건가.

　표진노는 그제야 빡빡머리가 왜 그렇게
정신없이 구는지 알 수 있었다. 덕분에 오늘
밤 9시면 배에 실려가 이름도 모르는 여자의

몸에서 죽음을 맞이할 운명에 처했다.

"그…… 저 있잖아."

남자는 어린 여자애의 반말이 거슬렸는지 인상을 쓰며 고개를 들었다.

"아니, 아니. 있잖아……요. 애, 아니 제 몸값이 얼만데요? 줄게요. 돈 있어요, 저."

남자는 더 이상 대꾸도 하기 싫다는 듯 고개를 저었다.

"네가 돈이 있으면 여기 있겠니? 그리고 여기 온 이상 돈이 있든 없든 넌 못 나가."

밖이 어두워질수록 안은 점점 더 분주해졌다. 얼마나 지났을까, 누군가 표진노의 입에 둥근 천을 물린 다음 테이프를 감아 막았다. 그나마 이 정도면 다행이었다.

다른 방에 있던 사람들은 눈까지 가려진 채로
끌려 나왔다. 산 채로 끌려간다는 게 이런
말인가. 표진노는 슬슬 실감이 나기 시작했다.

컨테이너에 여러 명의 사람이 실렸다.
그중 앞이 보이는 건 표진노밖에 없었다.
정신이 없어서였을까, 왜 그런 호의를
베풀었는지 몰라도 표진노의 눈에 깨진 유리
조각이 들어온 것은 행운이었다. 다행히
손발을 묶은 끈은 그리 견고하지 않아 보였다.
좀만 노력하면 풀 수도 있을 것 같은데
이곳에 있는 이들 중 그 누구도 시도하지
않고 있었다. 나약하게 울거나 혹은 무력하게
널브러져 있었다.

하지만 표진노는 아니었다. 이 여자애로
살든 어쩌든 일단 여길 벗어나고 생각할
일이었다. 유리 조각을 이용해 겨우 손발을
움직일 수 있게 되었지만 문제는 이 컨테이너

밖으로 어떻게 나갈 것인가였다. 이 문제는 생각보다 쉽게 해결됐다. 물건을 확인하고 싶다는 누군가에 말에 컨테이너 문이 열리더니 이내 밖이 우왕좌왕했다. 숨죽이고 밖을 엿보니 경찰들이 오는 것 같았다.

시끄러운 틈을 타 배를 벗어난 표진노는 집으로 향했다. 일단 그동안 모아둔 돈을 확인해야 했다.

어떻게 모은 돈인데, 죽어도 다 쓰고 죽을 거야. 표진노는 집으로 가면서 일단 이 도시를 뜨기로 마음먹었다. 상황이 상황인 만큼 일단은 도시를 벗어나 있다가 놈들이 다 잡힌 걸 확인한 후에 돌아와도 늦지 않다고 판단했다.

아내의 계좌에 남아 있는 장인의 보험금을 빼내지 못한 것이 아쉬웠다. 조금

더 기다리면 아내의 보험금까지 챙길 수도
있겠지만 어쩔 수 없었다. 상황을 빠르게
정리하고 나니 오히려 단순해졌다. 표진노의
발걸음이 빨라졌다. 일단 집에 가서 소주부터
좀 들이켜고 싶다는 마음뿐이었다.

❖

"뭐…… 뭐야."

표진노는 눈앞에 있는 스스로가 아내라는
사실에 경악을 금치 못했다.

순간, 앞이 어지러워지며 몸에 아무런
힘이 들어가지 않았다. 이 하등 쓸모없는
인생은 몸뚱아리마저 소주 몇 모금에
나가떨어졌다. 칼을 들고 덤벼드는 아내를
밀쳐내고 싶었지만 속이 메슥거려 일어날 수
없었다.

겨우 정신을 차렸을 땐 이미 아내는 나간 뒤였다. 표진노가 밖으로 향했을 때 아내는 부두 끝에서 경찰과 대치 중이었다.

"내가 사람을 죽였습니다."

아내가 말했다.

미친년, 뭐 하는 거야! 황급히 돌아서려는 순간, 형사의 목소리가 들려왔다.

"다 알고 왔습니다. 공터에서 차가 발견됐어요. 칼 내려놓으세요. 표진노 반장님."

그 순간, 비워져 있던 마지막 기억이 떠올랐다. 지난밤, 표진노는 김민수를 죽였다.

표진노는 남자에게 전화한 것을 후회했다. 김민수가 죽기 전에 괜한 소리라도 했다면 오히려 일이 더 꼬이는 수가 있었다. 김민수는 표진노의 가장 위험한 비밀을 알고 있었다. 결국 표진노는 차를 몰아 부두에 있던

사채업자 놈들의 사무실을 찾았다. 그리고
가는 길에 멈춰 부두 구석에 있던 휘발유 통
하나를 차에 실었다.

　뭐라고 하는지 몰라도 분위기가 살벌했다.
김민수는 남자에게 울며불며 사정하는
듯했다. 이내 남자가 김민수를 사무실에 둔 채
밖으로 나와 담배에 불을 붙이더니 어딘가로
사라져버렸다. 뭐야, 그냥 빨리 죽이라고!
표진노는 불안감에 휩싸였다.

　그리고 그 불안감은 그의 손에 휘발유를
들게 만들었다. 표진노는 미친 사람처럼
사무실 주변에 기름을 마구 뿌리기 시작했다.
이내 홀린 듯 라이터를 켜 그 안으로
던져버렸다. 표진노는 빠르게 번지는 불을
뒤로한 채 서둘러 현장을 벗어났다.

　어차피 죽을 놈이었어. 내가 죽이는 게
아니야. 마음속으로 되뇌며 황급히 몬 차는

결국 공터 담벼락에 부딪혔고 얼마 못 가 멈춰 섰다. 그리고 내비게이션에서 목소리가 흘러나왔다. 그래, 아무래도 차가 발견되면 범인인 것이 금방 들통났겠지.

잠시 후, 유은희가 바다로 뛰어들었다. 표진노는 그 모습을 멍하니 바라보며 생각했다. 이렇게 되면 상황이 나쁘지만은 않다고. 어차피 이제 나와는 다 상관없는 일이다. 장인의 죽음도, 그리고 김민수의 죽음도. 왠지 모르게 홀가분한 기분마저 들었다. 표진노는 난리 난 부두를 뒤로하고 집으로 돌아갔다.

댕— 댕— 거실의 자명종이 자정을

알렸다. 표진노는 안방으로 향했다. 가만
있어봐. 돈을 어디에 챙겨가야 하지? 일어나
집 안을 둘러볼 때였다. 갑자기 주변이
깜깜해졌다. 온몸이 차가웠고 숨이 쉬어지지
않았다. 팔다리도 움직여지지 않았다.

　　표진노는 깊은 물속에 있었다. 아……
역시 아내를 만나지 말았어야 했다고, 아주
짧게 생각했다.

작가의 말

'랜덤으로 누군가와 인생을 바꾸는 버튼이 있다면 쉽게 누를 수 있을까.

당장 버릴 수 있을 만큼의 인생이 아닌 이상 아마 쉽지 않을 것이다.

만약 그 버튼을 누른 사람들끼리 삶을 바꿔, 결국 최악의 인생들이 섞이게 된다면 어떨까? 최악의 인생에서 다른 최악의 인생으로 바뀐다면 말이다.

과연 '이 인생만 아니면 돼'라고 생각했던 과거의 삶보다 그들은 행복할 수 있을까.'

대학생 시절, 어느 수업을 듣다가 문득
이런 (다소) 잔인한 상상을 적어둔 적이
있었습니다. 거의 10년이 지난 지금, 그
물음을 다시 꺼내봐도 쉽게 대답을 내릴
수 없어 고민하게 된 것이 이 이야기의
시작입니다.

　　글을 마치는 순간까지 쉽게 풀리지
않았습니다만, 거역할 수 없게 주어지는
불행은 불가항력일지라도 그 운명을 벗어나는
유일한 방법은 결국 인간의 자력이 아닐까
하는 생각이 들었습니다.

　　이 세상의 벼랑 끝에 서 있는 모두가 그
자력을 가질 수 있기를.
　　예상치 못한 순간, 누군가가 베푼 행운이
꼭 닿기를.

마지막으로 이 이야기를 마무리 지을 수 있도록 끝까지 함께해주신 김해지 편집자님과 도움 주신 많은 분들께 감사의 말씀을 드립니다.

2023년 12월

김효인

- 43

새로고침

초판 1쇄 인쇄 2023년 12월 22일
초판 1쇄 발행 2024년 1월 10일

지은이 김효인
펴낸이 이승현

출판2 본부장 박태근
스토리 독자 팀장 김소연
편집 곽선희 김해지 이은정 조은혜
디자인 이세호

펴낸곳 ㈜위즈덤하우스   **출판등록** 2000년 5월 23일 제13-1071호
주소 서울특별시 마포구 양화로 19 합정오피스빌딩 17층
전화 02) 2179-5600   **홈페이지** www.wisdomhouse.co.kr

ⓒ 김효인, 2024

ISBN 979-11-6812-744-9 04810
     979-11-6812-700-5 (세트)

값 13,000원

한 조각의 문학, 위픽 (wefic)